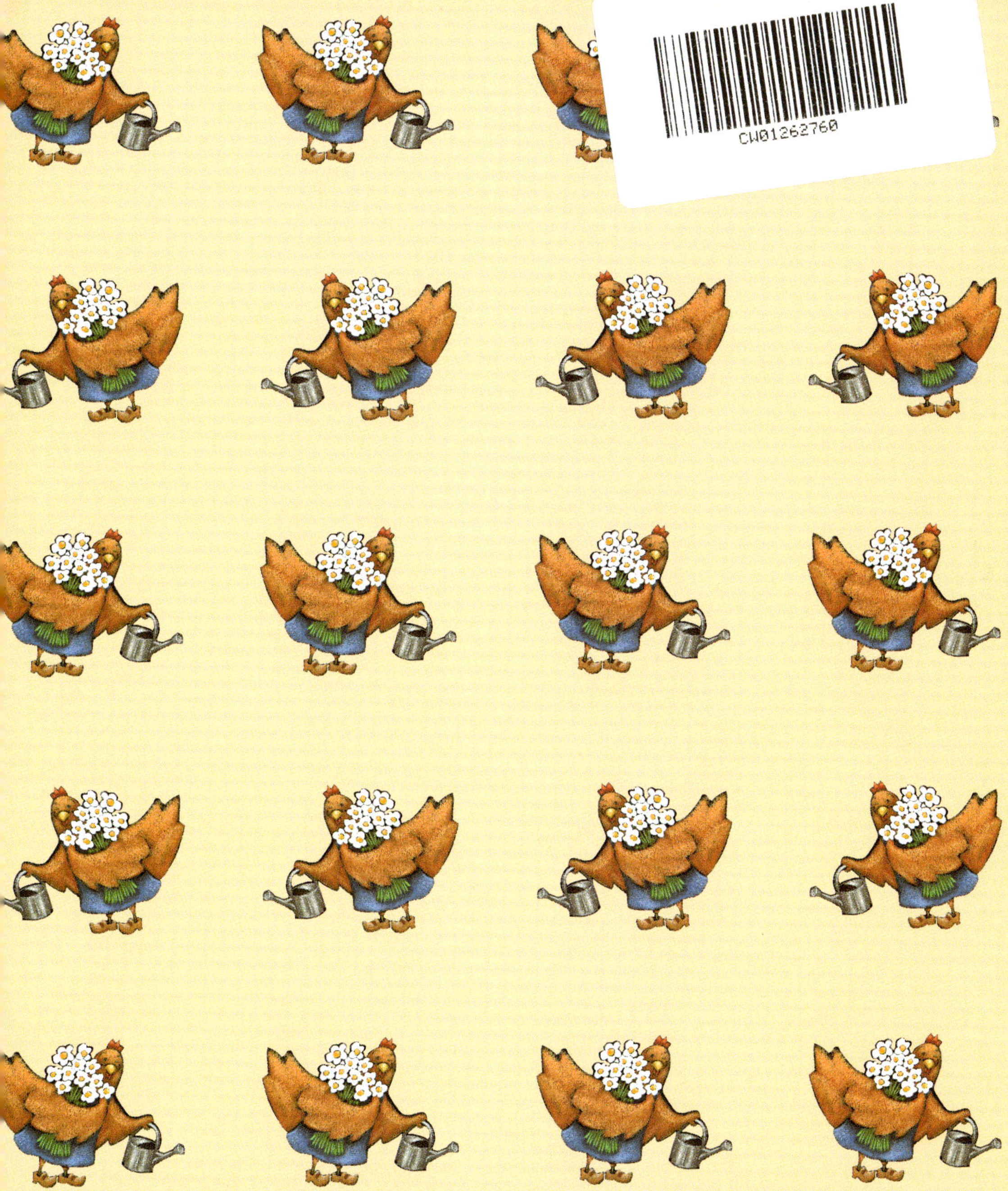

N° d'éditeur : 10121659
Dépôt légal : janvier 2005
Impression et reliure : Pollina s.a., 85400 Luçon - France - n° L95610A
Conforme à la loi n° 49-956 du 16 juillet 1949
sur les publications destinées à la jeunesse.
ISBN : 2-09-202106-0
© Éditions Nathan (Paris-France), 1997 pour la précédente édition.
© Nathan/VUEF, 2002 pour cette impression.

La Petite Poule Rousse

Conte traditionnel
Illustré par Camille Semelet

NATHAN

LA PETITE POULE ROUSSE

Il était une fois une petite poule rousse,
qui habitait toute seule dans sa petite maison.
Non loin de là, sur la colline, au milieu des rochers,
vivait un vieux renard habile et rusé.
Au fond de son terrier, maître Renard rêvait,
le jour et la nuit, au moyen d'attraper la petite
poule rousse.

LA PETITE POULE ROUSSE

« Comme elle doit être tendre ! pensait-il.
Si seulement je pouvais la mettre à bouillir
dans ma grande marmite ! Quel fameux souper
pour ma vieille mère et pour moi ! »

Mais on ne pouvait pas venir à bout de la petite
poule rousse, parce qu'elle était trop maligne
et trop prudente.

À chaque fois qu'elle sortait, elle fermait sa porte
et emportait la clé. Et quand elle rentrait,
elle s'enfermait soigneusement,
et mettait la clé dans la poche de son tablier,
avec ses ciseaux, son fil et son aiguille.
À la fin, le renard pensa qu'il avait trouvé
le moyen de l'attraper.

LA PETITE POULE ROUSSE

LA PETITE POULE ROUSSE

Il partit de bon matin, en disant à sa vieille mère :
— Mets la grande marmite sur le feu ; nous mangerons la petite poule rousse pour notre souper.
Il prit un grand sac et courut jusqu'à la maison de la petite poule.

Elle venait justement de sortir et ramassait
des brindilles pour allumer son feu.
Le renard se glissa derrière une pile de bois
et, pendant qu'elle était baissée,
il fila dans la maison et se cacha derrière la porte.

Une minute après, la petite poule rousse
rentra en disant :
– Je vais fermer la porte, et après je serai bien
tranquille...
Et comme elle se retournait, elle vit le renard,
avec son grand sac sur l'épaule.
Hou ! comme la petite poule fut effrayée !

LA PETITE POULE ROUSSE

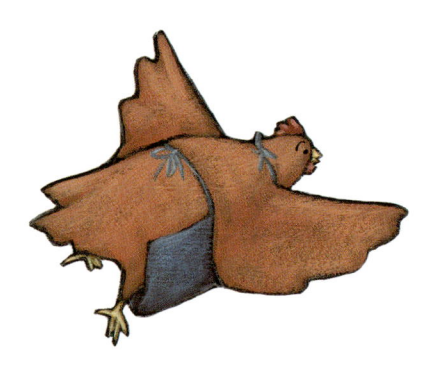

Mais elle ne perdit pas la tête ; elle laissa tomber
ses brindilles et vola tout en haut de l'armoire,
d'où elle cria au vilain renard :
– Tu ne me tiens pas encore !
– Nous allons voir ça, dit maître Renard.
Et que croyez-vous qu'il fit ?
Il se planta juste au-dessous de la petite poule rousse
et il se mit à tourner, à tourner, à tourner en rond
après sa queue, de plus en plus vite.

LA PETITE POULE ROUSSE

Si bien que la pauvre petite poule en fut tellement étourdie qu'elle perdit l'équilibre et tomba juste dans le grand sac, que le renard avait posé tout ouvert à côté de lui !

Il jeta le sac sur son épaule et partit pour sa caverne, où la marmite bouillait sur le feu.
Il lui fallait monter toute la colline, et le chemin était long. Il s'arrêta un moment pour se reposer, et s'endormit. Au début, la petite poule rousse ne savait plus où elle était, tellement la tête lui tournait ; mais au bout d'un moment, elle reprit ses sens.

LA PETITE POULE ROUSSE

Elle tira d'abord ses ciseaux de sa poche,
et clip ! fit un petit trou dans le sac et passa
la tête au-dehors. Puis, clip, clip, elle fendit
le sac, se glissa dehors, fourra une grosse pierre
dans le sac et vite, vite, le recousit avec
le fil et l'aiguille qu'elle avait dans sa poche.
Après quoi, elle fila se cacher aussi vite qu'elle
put.

Pendant ce temps-là, le vieux renard se réveilla et il reprit sa route, bien content, avec la pierre dans le sac, en se disant :
– Comme cette petite poule rousse est lourde ! Je ne la croyais pas si grasse. Elle va me faire un fameux souper !

Il arriva enfin à la caverne.
Dès que sa vieille mère le vit, elle lui cria :
– As-tu la petite poule rousse ?
– Oui, oui, dit-il. Est-ce que l'eau est chaude ?

LA PETITE POULE ROUSSE

LA PETITE POULE ROUSSE

– Elle bout à gros bouillons, dit sa vieille mère.
– Alors, attention. Soulève le couvercle
de la marmite, je secouerai le sac, et je ferai
tomber la petite poule rousse dedans. Et toi,
tu veilleras à ce qu'elle ne s'envole pas.
La vieille mère renard ôta le couvercle de la marmite.
Le renard ouvrit un peu le sac sans regarder
dedans, le prit par le fond et le secoua au-dessus
de la marmite.

LA PETITE POULE ROUSSE

Plouf ! plouf ! La grosse pierre tomba dans
la marmite, qui se renversa et brûla le renard
et sa vieille mère. Ils se sauvèrent en hurlant
et on ne les revit plus jamais.
Et la petite poule rousse resta dans sa petite maison,
où elle vécut heureuse tous les jours de sa vie.

LA PETITE POULE ROUSSE

Regarde bien ces images de l'histoire.
Elles sont toutes mélangées.
Amuse-toi à les remettre dans l'ordre !

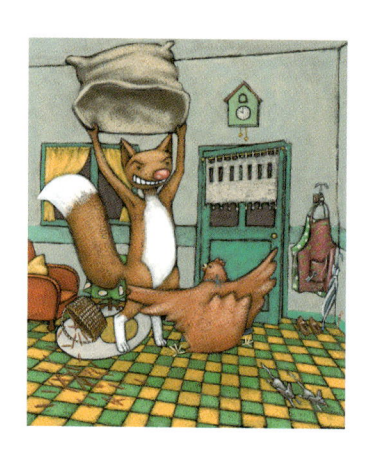

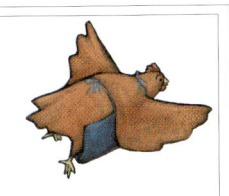

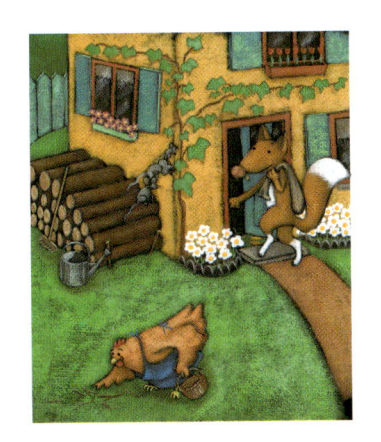

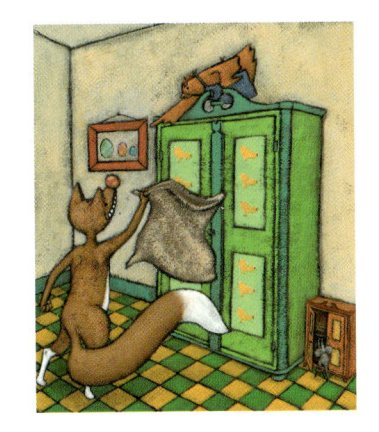

LA PETITE POULE ROUSSE

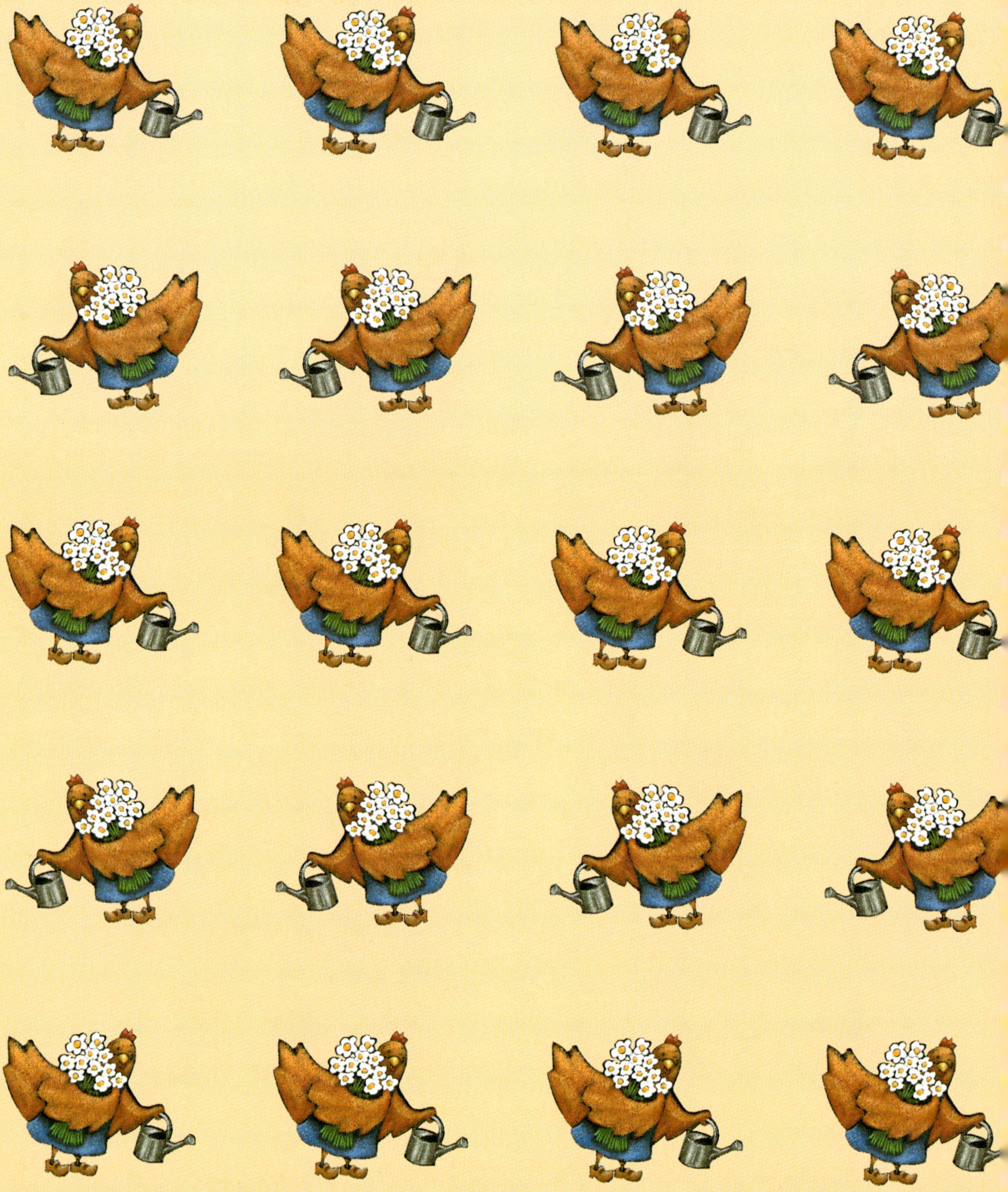